GUÍA DE LECTURA

Escrita por Isabelle Defossa
Traducida por Laura Soler Pinson

El amante

de Marguerite Duras

Entiende fácilmente la literatura con

ResumenExpress.com

www.resumenexpress.com

MARGUERITE DURAS

ESCRITORA, DRAMATURGA Y CINEASTA FRANCESA

- **Nacida en 1914 en Gia Dinh (Indonesia)**
- **Fallecida en 1996 en París (Francia)**
- **Algunas de sus obras:**
    - *Un dique contra el Pacífico* (1950), novela
    - *El arrebato de Lol. V. Stein* (1964), novela
    - *El amante* (1984), novela autobiográfica

Marguerite Duras (1914-1996), cuyo verdadero apellido es Donnadieu, nació en Conchinchina (antigua región de la Indochina francesa). Es, de los escritores del siglo XX, una de las más originales y de las más destacadas. Propone una escritura depurada, emplea personajes recurrentes y centra todas sus obras en los temas fundamentales de la memoria y el olvido, de la reescritura y de la destrucción. Sus novelas más famosas y más estudiadas son *Un dique contra el Pacífico* (1950), *Moderato cantabile* (1958) y *El amante* (Premio Goncourt en 1984). También se dedica al teatro (*La Música, L'Éden cinéma*) y al cine, donde impone un estilo muy personal y radical (*India song; Destruir, dice ella; El camión*).

EL AMANTE

UNA INICIACIÓN AMOROSA

- **Género:** novela
- **Edición de referencia:** Duras, Marguerite. 1985. *El amante*. Traducido por Ana María Moix. Barcelona: Tusquets. E-book en PDF
- **Primera edición:** 1984
- **Temáticas:** amor, iniciación, Indochina, sociedad colonial

El amante, obra publicada en 1984, recibe el Premio Goncourt ese mismo año. Esta novela autobiográfica cuenta la historia de una adolescente francesa que vive en Indochina, donde conoce a un joven heredero chino que marcará el resto de su vida. Con él se inicia en los placeres del amor. Esta relación, prohibida por la familia de la joven, por el padre del chico y por la sociedad colonial, acaba cuando la adolescente tiene que regresar a Francia y deja a su amante, que sigue enamorado de ella.

Esta novela ha cosechado un éxito enorme: se han publicado casi tres millones de ejemplares y se ha traducido a más de cuarenta idiomas.

RESUMEN

En el ocaso de su vida, una mujer recuerda una aventura de un año y medio con el que fue su primer amante.

EL ENCUENTRO

En los años treinta, una chica de quince años y medio vive en la Indochina francesa con su madre y sus dos hermanos. Su padre murió cuando ella todavía era joven. Está matriculada en el instituto francés y vive en un pensionado en el estado de Saigón, donde hay numerosos mestizos. En la misma residencia vive Hélène Lagonelle, dos años mayor, que para la narradora constituye una fuente de atracción física.

Al final de las vacaciones escolares, cuando la joven se encuentra cruzando un brazo del río Mekong en un transbordador para ir desde Sadec hasta su residencia en Saigón, ve a un hombre muy elegante que la observa desde una limusina negra. Está vestido a la europea, pero no es blanco: es un chino, que se convertirá en su primer amante. Este no tarda en acercarse a ella y, una vez que se han presentado, le propone llevarla de vuelta a Saigón en la limusina. Ella acepta sin que le haga especial ilusión. Sin embargo, a partir de ese momento, la adolescente irá siempre del instituto a su residencia en ese coche con chófer, y cenará con el chino en los lugares más elegantes de la ciudad.

LA RELACIÓN

Un día, el joven la lleva a su estudio en Cholen, capital

china de la Indochina francesa. A partir de ese momento, se citarán allí para hacer el amor sin que nadie lo sepa. A través de este acto, la joven tiene la sensación de profundizar sus conocimientos sobre Dios. Él la ama locamente, mientras que ella lo desea en parte por su dinero. Pero nunca hablan de ellos, conscientes de que su relación no tiene futuro: no son de la misma raza y la joven tiene doce años menos que su amante. Además, el padre de él se opone terminantemente a su unión, ya que ha previsto casar a su hijo con una heredera china. Por ello, quiere enviar a la adolescente de vuelta a Francia: esta no opone resistencia y él terminará por salirse con la suya.

Por su parte, la madre de la joven tiene una actitud ambigua: cuando descubre que su hija mantiene una relación con un joven chino rico, sospecha que se acuestan y, animada por su hijo mayor, golpea a la hija que la está deshonrando. Pero su amor por el dinero se impone a la desconfianza y, tras haber sido avisada de las ausencias regulares de su hija, le pide a la directora del pensionado que la deje ir y venir a su antojo. Sin embargo, cuando el chino conoce a la familia de la joven, ninguno de sus miembros le dirige la palabra, aunque no hayan tenido reparos en disfrutar de su dinero. El chino, que está completamente enamorado, no tarda en darle a la protagonista un anillo que lleva un diamante de gran valor. A partir de ese instante, las guardianas del pensionado dejan de hacerle comentarios, no por el hecho de que la joven lo lleve en el anular de la mano izquierda, dedo en el que se pone el anillo de compromiso, sino por el inmenso valor de la joya.

EL VIAJE A FRANCIA

En 1931, tras su bachillerato superior, ya con dieciocho años, abandona Saigón y vuelve a Francia en barco. A partir del momento en el que la fecha de regreso está establecida, los amantes siguen viéndose, pero no hacen el amor, puesto que el amante ya no se siente capaz. Cuando zarpa el barco, ella llora sin mostrarlo a su familia y mira cómo se aleja su amante. Su viaje durará veinticuatro días.

En 1942 muere su hermano pequeño, con veintisiete años, de una bronconeumonía. Para la joven, la culpa es de su hermano mayor: a fuerza de darle sustos, de amenazarlo, de pegarle cuando era joven, cree que lo convirtió en un chico débil y vulnerable.

En 1949, su madre vuelve a Francia y pasas sus últimos días en el departamento de Loir-et-Cher, en compañía de la que ha sido siempre su criada, Dô: morirá después que ella y antes que su hijo mayor, a quien deja en su testamento la mayor parte de sus bienes. Unos veinte años después, es él quien muere, tras haber vivido en soledad.

En París, la narradora frecuenta los salones de Marie-Claude Carpenter y de Betty Fernández, llenos de literatos. Por su parte, su amante se ha casado con la adinerada mujer china que su padre le había reservado diez años atrás y que también procede de Fu-Chuen, en el norte. Pasan los años y le da un heredero a su padre. Muchos años después de la guerra, va a París con su mujer y llama a la narradora para decirle que la amará hasta la muerte.

ESTUDIO DE LOS PERSONAJES

LA NARRADORA

Presenta dos caras: la de la mujer anciana que vive en París y que cuenta la historia de su adolescencia, y la de la joven que vive en Indochina. No nos dice en ningún momento su nombre.

La anciana tiene un rostro castigado por la edad, cuyo envejecimiento empezó cuando solo tenía dieciocho años, con unas arrugas irreversibles y una flacidez definitiva que marcan su cara. Ha sido alcohólica durante su adultez, ha frecuentado salones literarios, ha tenido un hijo y ha dado a luz un bebé muerto, que nació pocos meses antes del fallecimiento de su hermano pequeño.

La joven tiene quince años y medio cuando empieza la historia. Es muy delgada, lleva un vestido de seda escotado que pertenecía a su madre, un cinturón de cuero de sus hermanos, unos tacones altos y un sombrero de hombre. Tiene pecas, que esconde con el maquillaje de su madre y, hasta los veintitrés años, lleva el pelo muy largo.

Pertenece a una familia de colonos franceses que viven en Sadec, pero ella vive en un pensionado en el estado de Saigón. Su padre fue repatriado a Francia por motivos de salud cuando ella tenía tan solo cuatro años y murió menos de un año después. La protagonista tiene dos hermanos mayores. Odia al mayor, a quien quiere matar, y protege al menor, a quien, de hecho, llama su «hermano pequeño»

(Duras 1985, 13). Considera que su madre está loca y a veces llora por no verla feliz.

Nunca llega a confesar las razones de su relación con el hombre de Cholen —así es como lo llama—, seguramente porque ni ella misma sabe si lo que le atrae es él o su dinero. En esta época ya sabe que más tarde se dedicará a escribir.

EL CHINO

También viene de Sadec, pero vive en Cholen. Es imberbe y está extremadamente delgado. Tiene unos veintisiete años. Su madre ha fallecido, y él es el hijo único de un millonario que forma parte de la minoría financiera china que posee todos los bienes inmuebles de la colonia. Empezó sus estudios comerciales en París, pero no pudo acabar porque su padre lo envió de vuelta a Indochina.

De la joven lo separan doce años y una diferencia racial. A pesar de ello, está totalmente enamorado de ella. Su padre no apoya esta relación y se niega a que se casen. Ya hace años que le ha reservado a su hijo una rica heredera de una familia del norte de China, de Fu-Chuen. El amor del chino por la adolescente es puro y se mantendrá intacto hasta su muerte.

LA MADRE

Es directora y profesora en la escuela femenina de Sadec. Compra una concesión en Camboya que la arruina. Humillada y tras perder a su marido, se sumerge en una especie de locura. Está cansada de vivir y, en algunos momentos, no viste ni da de comer a sus hijos.

De hecho, su actitud hacia ellos es desproporcionada. Deja ver su preferencia por su hijo mayor, el único al que llama «su hijo». A él le compra una propiedad cerca de Amboise y a él le deja en herencia la mayor parte de la riqueza que le queda. Con su otro hijo, muestra un comportamiento que roza la indiferencia. Con respecto a su hija, tiene una actitud ambigua. Aprueba y desaprueba su comportamiento:

- por una parte, tiene miedo de que su hija no se integre nunca en la sociedad. Ella, que hizo sus estudios en la Escuela Normal Superior de París, quiere que su hija termine el instituto y que, a continuación, haga unas oposiciones de matemáticas. Así, se desespera cuando ve que a esta se le da mejor el francés que las matemáticas, y se niega a que se convierta en escritora. También le propina golpes al enterarse de la relación que tiene con el chino;
- por otra parte, a veces acepta las extravagancias de su hija y la defiende ante la directora cuando esta le anuncia que su hija vuelve rara vez al pensionado.

EL HERMANO MAYOR

Es el preferido de su madre. Es violento y malo, y roba a todo el mundo, incluso a su madre, cuyo dinero dilapida. Pierde en el juego los bosques de la propiedad que su madre le ha regalado cerca de Amboise y roba 50 000 francos a su hermana cuando lo acoge tras la liberación de París. Durante su juventud, pega con frecuencia a su hermano pequeño, intenta violar a Dô, la criada, y anima a su madre a que golpee a su hermana, con quien guarda un parecido físico.

Se va a Francia para inscribirse en la escuela Violet, una escuela privada donde se forman ingenieros, pero jamás llega a incorporarse. Consigue su primer trabajo a los cincuenta años. Este personaje cruel está sobre todo marcado por la soledad. Cuando muere su madre, se ve sin amigos y acaba sus días solo. Es enterrado junto a esta en el Loira.

EL HERMANO PEQUEÑO, PAULO

Es el único miembro de la familia del que se nos dice el nombre. Tiene miedo de su hermano mayor, que le pega, pero quiere a su hermana, dos años más pequeña que él. Tras haber estudiado contabilidad, ejerce en Saigón. En 1942, durante la ocupación japonesa, muere de una bronconeumonía con veintisiete años.

HÉLÈNE LAGONELLE

Vive en el pensionado con la narradora, que la desea. Se preocupa cuando esta última no regresa. Tiene diecisiete años y un cuerpo espléndido. Su padre es funcionario de correos. Viene de las altiplanicies de Dalat.

CLAVES DE LECTURA

UN ESTILO CERCANO AL *NOUVEAU ROMAN*

Una de las características principales de Marguerite Duras es su estilo sobrio. La autora ahorra palabras, prefiere silenciarlas, y esto da como resultado textos que son a la vez eficaces y poéticos.

Además de la concisión de sus frases, el estilo de Duras en *El amante* también se caracteriza por su ruptura con la factura novelesca clásica que había utilizado en otras novelas como *Un dique contra el Pacífico* o *El marinero de Gibraltar*. De hecho, este rechazo de las convenciones desencadenó que fuera catalogada como perteneciente al movimiento del *nouveau roman*. Estos autores, que surgieron en los años cincuenta y que se extendieron hasta los setenta, deseaban renovar el acto de escritura y las normas de la novela tradicional tal y como existe desde el siglo XVIII. Se cuestionan principios de ficción, como la trama, la necesidad de los personajes o incluso las descripciones psicológicas. Así, la novela se autoanaliza y rechaza las reglas por las que se guiaba hasta ahora. Este rechazo de las convenciones explica el hecho de que muchos de los autores de este movimiento rebatan su pertenencia a una misma corriente literaria, puesto que cada uno toma caminos diferentes.

En la escritura de *El amante*, Duras usa una gran cantidad de características propias del *nouveau roman* que guardan relación con el arte de la deconstrucción:

- la novela, publicada en su primera edición por la casa editorial Minuit, como muchas obras del *nouveau roman*, nos presenta a personajes cuyas particularidades importan bien poco. De hecho, el lector desconoce el nombre de los protagonistas principales. Solo se pronuncia una vez el nombre del hermano pequeño, Paulo, y el de Hélène Lagonnelle, que rápidamente se transforma en iniciales: H.L. Sin embargo, sí que se nos desvelan los nombres de los personajes totalmente secundarios. Así ocurre con personas que acogerán a la narradora mientras se encuentra en París: Marie-Claude Carpenter, Betty Fernández y su marido Ramón Fernández. Asimismo, nos faltan las características de los personajes principales, mientras que los personajes secundarios están más detallados;
- el juego de la enunciación, caracterizado por el paso de la primera a la tercera persona del singular, desorienta al lector, que se encuentra frente a una confusión deliberada de la narradora (la persona que cuenta la historia) y de la autora. Con esta técnica, el *nouveau roman* trata de que el narrador se cuestione su función en la historia (¿por qué la cuenta? ¿Cuál es su verdadero lugar en la narración?);
- la trama de la novela es secundaria. En consecuencia, no se presenta una cronología estricta, y esto da al relato un carácter fraccionado, fragmentario. Algunas escenas se describen con minuciosidad, mientras que otras, que sabemos que ocurren, se pasan por alto. Las elipsis (omisión de pasajes enteros de una historia) se unen a las pausas, a las repeticiones y a las analepsis (vueltas al pasado), lo que fuerza a que el lector conciba la historia

contada de manera compleja. Por ejemplo, no se cuenta prácticamente nada de la vida de la narradora en París (elipsis); los momentos que pasa haciendo el amor en el piso del chino se describen con todo lujo de detalles, lo que refuerza la imagen de que el tiempo se para (pausa), y se remite al encuentro del chino y la joven en el transbordador en varias ocasiones (repetición). Para acabar, casi toda la historia constituye una analepsis con la que la narradora recuerda su pasado. Fraccionar la narración, utilizar las elipsis y romper la cadena lógica de los acontecimientos permite que el autor no tenga que explicar lo inenarrable, lo incalificable.

Estas características suponen una participación activa por parte del lector, que a veces se ve obligado a volver atrás en el libro o del que a veces se supone que conoce algunos elementos que pertenecen a la cultura de la escritora.

UNA ESCRITURA SOBRE SÍ MISMA

El amante es una novela de corte autobiográfico. La historia de la joven de quince años es la historia de la escritora que, al igual que su personaje, vive una historia de amor con un hombre mientras vive en la Indochina francesa del periodo de entreguerras. A los setenta años, es decir, cincuenta después de los hechos, Marguerite Duras logra escribir sobre los sentimientos que despertó en ella el joven chino y sobre la difícil relación que tenía con su familia, con su madre y con sus hermanos.

Puede parecer contradictorio que una escritora que pertenece a un movimiento literario (el *nouveau roman*) basado, entre otros, en un rechazo del sujeto, se sumerja en un proyecto autobiográfico. La razón de esta contradicción aparente reside en el hecho de que la escritura de esta novela se produce en una época en la que el relato autobiográfico presenta una nueva dinámica. Por lo tanto, se trata de apoderarse del género a base de cuestionarlo. Duras lo consigue, al igual que otros autores pertenecientes al movimiento del *nouveau roman*, al poner al mismo nivel lo referencial y lo imaginario, es decir, al mezclar elementos biográficos con componentes de ficción (elementos inventados). Este género fue designado por Alain Robbe-Grillet (escritor y cineasta, 1922-2008) como la «nueva autobiografía».

Por ejemplo, la biografía de Laure Adler, *Marguerite Duras* (1998), desvela que el idilio de la novela no fue, en realidad, tan ideal como parece. Lo cierto es que Marguerite Duras se había vendido a su amante a petición de su madre y por las necesidades de su hermano mayor, que se drogaba.

Además, Duras, que mezcla ficción y realidad, hace un trabajo de memoria y presenta los acontecimientos y los sentimientos que experimentó cuando tenía quince años. Privilegia el uso del presente, que sirve para expresar tanto el instante como la duración, y esto corresponde además a una narración que se nos ofrece bajo la apariencia de un recuerdo repetido: «Cuando *estoy* en el transbordador del Mekong, ese día de la limusina negra, mi madre aún *no ha dejado* la concesión del embalse» (Duras 1985, 23).

A través de *El amante*, la autora lleva a cabo una verdadera búsqueda de identidad. El paso de la primera persona a la tercera del singular nos lo indica, puesto que al utilizar la tercera persona, la escritora establece una barrera entre la joven que era y la que habla en primera persona, la mujer que es ahora. Así, se presenta ante nosotros como un enigma viviente.

UNA NOVELA DE FORMACIÓN

El amante es también una novela de formación (o novela de aprendizaje), género que nace en Alemania en el siglo XVIII. Efectivamente, escenifica la evolución de su personaje principal, la joven de quince años, hasta que alcanza un ideal de mujer realizada. Esa mujer realizada no es otra que la narradora: hable en primera o en tercera persona del singular, se trata del mismo ser.

Como cualquier protagonista de una novela de formación, la joven descubre un ámbito específico en el que se forja su experiencia, y esto le permitirá formarse su propia opinión sobre la vida. Su ámbito es el de la sexualidad, en la que se inicia con su amante en el transcurso de una prueba física: su primera relación sexual. Esta experiencia le proporciona un conocimiento que evoca, pero que no desvela: «Hélène Lagonelle, ella, Hélène, todavía no sabe lo que yo sé. Sin embargo, ella, Hélène, tiene diecisiete años. Como si lo adivinara, nunca sabrá lo que yo sé» (Duras 1985, 47).

La búsqueda que la joven lleva a cabo corresponde al deseo de llevar las riendas de su vida. Le cuesta perseguir este objetivo, ya que la narradora debe superar los obstáculos que suponen las prohibiciones impuestas por su familia, por el padre de su amante y por la sociedad colonialista de la época. Sin embargo, alguien la ayuda a convertirse en una mujer realizada: su amante, el chino.

PISTAS PARA LA REFLEXIÓN

ALGUNAS PREGUNTAS PARA PROFUNDIZAR EN SU REFLEXIÓN...

- ¿En qué medida podemos afirmar que *El amante* es una reescritura de *Un dique contra el Pacífico*?
- ¿De qué manera permite la escritura de Marguerite Duras decir lo inefable?
- ¿Cree usted que la joven está sometida a su amante o que, por el contrario, ejerce su poder sobre el hombre? Justifique su respuesta.
- ¿Por qué podemos afirmar que la madre de la narradora tiene un papel ambiguo basado en lo que no dice? Cite algunos ejemplos.
- *El amante* iba a llamarse en un principio *L'image absolue* («La imagen absoluta»). ¿Cómo explica este título?
- Al igual que los autores pertenecientes al movimiento del *nouveau roman*, Duras emplea el arte de la deconstrucción. Explique en qué consiste y qué efecto tiene dicha deconstrucción.
- La adaptación al cine de *El amante* no agradó a Marguerite Duras. ¿Por qué cree que fue así? ¿Qué decisiones habría tomado si hubiese tenido que llevar a cabo la adaptación, siempre respetando la obra de Duras?
- Desde un punto de vista estrictamente formal, ¿qué diferencias podemos establecer entre *El amante* (1984) y *El amante de la China del norte* (1991), su reescritura?
- ¿Por qué podemos afirmar que la escritura de *El amante* representa una especie de exorcismo para Duras?

¡Su opinión nos interesa!
¡Deje un comentario en la página web de su librería en línea,
y comparta sus favoritos en las redes sociales!

PARA IR MÁS ALLÁ

EDICIÓN DE REFERENCIA

- Duras, Marguerite. 1985. *El amante*. Traducido por Ana María Moix. Barcelona: Tusquets. E-book en PDF.

ESTUDIO DE REFERENCIA

- Hamont, Philippe y Denis Roger-Vasselin, dir. 2000. *Le Robert des grands écrivains de langue française*. París: Le Robert.

ADAPTACIÓN

- *El amante*. Dirigida por Jean-Jacques Annaud, con Jane March, Tony Leung Ka-Fia y Frédérique Meininger. 1992. Esta adaptación cinematográfica no satisface a Marguerite Duras, que da por finalizada su colaboración con el director.

REESCRITURA DEL TEXTO

- Duras, Marguerite. 1998. *El amante de la China del norte*. Traducido por Beatriz de Moura. Barcelona: Tusquets. Cuando la escritora se entera del fallecimiento de su amante chino, y tras la decepción de la adaptación de su novela al cine, decide reescribir *El amante* para volver a apropiarse de su historia. La edición original del libro se publica en 1991, justo antes del lanzamiento de la película en el cine.

ResumenExpress.com